AF578465

Françoise GRENIER

Chérubins Éditions

TROIS PETITS SOUHAITS

Simon, collégien en vacances au bord de la mer, devrait être heureux. Son apparence calme dissimule un caractère intrépide. Ses taches de rousseur et ses cheveux blonds bouclés lui donnent un visage d'ange. Il affiche ce sourire farceur du bon copain avec qui on s'amuse des heures mais parfois, au fond de lui, ça bouillonne.

Il s'éloigne de son groupe, « Les Aventuriers ». Son ballon de plage a atterri vers les rochers. Il l'a lancé exprès, là où c'est interdit, comme ça, il peut se promener tranquillement.

Ne plus entendre les cris de ses camarades le calme un peu. Respirer l'air de la mer lui fait un bien fou.

Les mouettes planent au loin en frôlant l'écume des vagues. Un goéland argenté lui tient compagnie : on dirait qu'il désire lui parler. Le garçon, campé sur ses pieds, rigole de le voir se dandiner sur les galets. Tant pis si le mono ne trouvera pas ça drôle et lui fera la morale ce soir. Ça le saoule de toujours écouter. En fait ça le saoule d'être là tout court !

Pourtant, en y réfléchissant, c'est lui qui a insisté pour venir à cette colo. D'habitude, aux vacances, il reste chez ses grands-parents à la campagne. Mais une discussion entre copains lui a donné envie de tester le camp de jeunes. Son meilleur ami, Gabriel, qui a douze ans, passerait le mois d'août en Bretagne dans une colonie.

Simon en était sûr : il allait vivre une aventure extraordinaire à des kilomètres de sa famille. Au programme, camping sauvage, balades à vélo, baignade, cours de voile, activités artistiques... Le rêve !

Finalement il n'a pas pu s'inscrire au même endroit que Gab. Complet ! Et depuis qu'il a posé ses bagages au camp de Penvins, sous une tente dortoir, son enthousiasme a fondu comme glace au soleil. Dire qu'il doit tenir encore dix jours ! Ça risque d'être un vrai supplice...

Il n'a pas osé refuser ce centre de vacances. Ses parents n'auraient pas compris. Ses pensées lui rappellent qu'il est doué en calcul, que les élèves de son ancienne classe, la 5°B le respecte. Il résout des problèmes de maths facilement en trouvant le résultat exact d'opérations compliquées, plus vite qu'une calculette... Hélas, ici, se faire des amis semble difficile. Et ils font tous trop sérieux ! La preuve, ils ne rigolent pas de ses pitreries. Les filles daignent à peine lui adresser la parole. De vraies crâneuses !

Découvrir qu'il a le mal de mer n'a pas arrangé les choses. Alors, apprendre la voile ne lui paraît pas aussi formidable que ça. Il n'a pas le pied marin, c'est sûr ! Son bateau, un *Optimist* chavire souvent, du coup il boit la tasse un peu trop à son goût. Rien ne va, c'est tout et il fait la tête à longueur de journée.

Donc aujourd'hui c'est baignade et jeux de plage… Jusqu'à ce qu'il projette de fausser compagnie à la joyeuse bande d'aventuriers en toc.

Simon contourne la barrière rocheuse qui le cache à la vue perçante d'Yves, son moniteur référent. Pour s'amuser, il soulève des paquets de sable à l'aide de ses orteils. Le ballon l'attend, reculant ou avançant au gré du vent. Les vaguelettes qui s'apprêtent à envahir les lieux ne vont pas tarder à l'emporter.

Soudain, son pied heurte un objet dur et froid qui manque de le faire glisser. Il s'accroupit : c'est une bouteille de petite taille d'un vert caca d'oie. Pas d'étiquette autour du verre foncé.

Une voix provenant du flacon moche, l'interpelle : « Frotte trois fois le verre et appelle : Alliénor ! » Il s'étonne : « Hein, qui me parle ? »

Il n'y a personne à la ronde ; donc c'est bien la bouteille qui s'exprime en résonnant. Ça recommence :

« Fais ce que je te dis, tu ne le regretteras pas ». Bon joueur, le collégien se décide. Il n'a rien à perdre de toute façon. Seulement, il ne croit ni au Père Noël, ni aux fées. De son point de vue, ce sont des histoires réservées aux filles.

Simon saisit le goulot à moitié enfoui dans le sable. Celui-ci se réchauffe à son contact. L'effet est bizarre. Il touche la surface en murmurant : « Alliénor ! »

Ce qui se passe ensuite est difficile à croire.

Une fillette de son âge apparaît. Elle le dévisage d'une manière insistante sans ciller. Son allure ne correspond pas à celle des filles qu'il connaît. Même si son regard bleu profond la rend craquante, il ne peut réprimer une grimace de dégoût. Elle n'est pas laide mais différente. Par exemple, il n'a jamais vu ses copines avec des vêtements pareils. Ils sont... démodés sans aucun doute : une large jupe de paysanne noire et une blouse froncée bleu ciel, semblable aux dessins de son livre d'histoire à la page du Moyen Âge. Aux pieds elle a des souliers pointus et dorés. Il y a autre chose qui ne va pas chez elle : ses cheveux. Ils sont violets, longs et emmêlés. Elle ne doit pas s'être coiffée depuis des années ! Un chapeau foncé d'une forme ridicule descend sur son front. Ce n'est pourtant pas le moment de se déguiser !

L'apparition se met à débiter des paroles étranges :

— Grâce à toi, me voici presque délivrée, mais j'ai une dette envers toi. Tu choisis trois choses que tu souhaites le plus au monde.

La mâchoire prête à tomber par terre, Simon balbutie :

— Ah... Tu es une sorte de génie ?

— Si tu veux... plutôt une apprentie sorcière qui doit subir une évaluation de fin d'année. Pour réussir, je dois réaliser tes vœux dans l'ordre. Ensuite, je retourne chez moi, en Celesti, dès que j'en ai terminé avec toi. Attention, mon temps est limité ! Alors ?

— Je ne sais pas !

— Dépêche, j'ai une potion sur le feu, moi... Il me reste 3660 car-minutes et 60 car-secondes... Si tu tardes trop, je vais demeurer là et je devrais patienter jusqu'à ce qu'une nouvelle personne me découvre !

— Tu es enfermée depuis quand ? interroge Simon en tapant sur le verre d'une pichenette.

— 3175 car-mois, 48 car-semaines, 5 car-jours...

— Car-jours ?

— C'est du temps imaginaire mais tout de même très long !

— J'aimerais pas être à ta place.

— C'est sûr, je révise mes leçons en attendant ou je m'endors, sinon je m'ennuie à force... Heureusement, quand tu as touché la paroi, un compte à rebours s'est enclenché sur le tableau de bord...Bientôt libre et admise en 6ème année !

— Comment ça marche ? Tu es plus grande que la bouteille...

— Non, faut que je tombe sur un intellooo ! De quoi as-tu envie, qu'on en finisse ? À présent, je suis hyper impatiente de revoir mon petit dragon des bois... C'est la même chose qu'un chat ou un chien pour toi.

Simon reste muet un moment, les bras croisés sur sa poitrine. Il aimerait trier ce qu'il souhaite vraiment, sauf que son cerveau surchauffe et ses idées s'évaporent… Devant son air boudeur, Alliénor tente d'expliquer :

— La bouteille est bien plus spacieuse qu'elle en a l'air. Ce que tu vois ne correspond pas à la réalité, tu comprends ? Bref, à l'occasion, je te ferai visiter…

O.K. C'est cool pense Simon. Il hésite :

— Mais je ne vais pas rester bloqué à l'intérieur ?

— Pff ! Bon, ça suffit ! Si tu m'énerves, je t'y enferme ; tu verras même avec dix chambres, trois salles de bains, tu voudras voir le paysage.

— Une dernière question ? Pourquoi tu t'habilles comme une vieille ?

— Parce que !!! Dis ton souhait, allez...

Simon se concentre :

— Je voudrais rentrer chez moi.

Alliénor semble songeuse. Elle plisse les yeux, puis propose :

— Tu veux pas un objet, une tablette ou un smartphone ? Ce serait plus simple...

— Non, je préfère ma maison.

— D'accord sauf que ça ne durera pas. Après, tu choisiras quelque chose de mieux, j'espère.

Et elle se met à rire. Quand elle glousse, le vacancier la trouve très bête. Il écoute à peine les formules qu'elle marmonne.

***

Bientôt, Simon se sent projeté en l'air. Une mini-tornade l'envoie tournoyer en tous sens. Puis plus rien jusqu'à ce qu'il ouvre les yeux.

Il ne comprend pas : le salon n'a pas la même taille que d'habitude. Il est très spacieux et haut de plafond. Par contre, les meubles semblent l'écraser. Aurait-il rétréci ? Sûrement, mais pourquoi tout est flou ?

Au bout d'un moment assez long, il réalise qu'il voit au travers des pupilles de son chat qui, allongé sur un plaid, guette la porte d'entrée. Prince, c'est son nom, attend ses maîtres. Simon se demande l'heure qu'il est... Est-ce son père ou sa mère qu'il verra en premier ?

Le bruit d'une clef, démesuré, lui procure une joie d'enfer. Il lance les paris ; ce sera maman. Raté, c'est la voisine, madame Vallon qui arrive et se met à caresser son dos. Quelle sensation curieuse et super agréable ! Il s'entend ronronner. Pourtant l'odeur de la dame, écœurante devrait le faire fuir.

Pouah ! Elle pourrait se laver. Des relents de soupe, d'il y a quinze jours, frôlent ses narines ; toutefois, l'animal n'a pas l'air gêné.

— Alors, mon minet, tu t'ennuies ? Tes maîtres vont revenir bientôt !

Pff ! Simon se remet à miauler. La voisine lui tapote les flancs de ses grosses mains rêches puis s'éloigne. Des portes s'ouvrent et se referment du côté de la cuisine. Elle dépose à l'endroit habituel un récipient rempli de pâtée et un bol d'eau. Il s'approche, mais la forte odeur de poisson le dégoûte. Il lape un peu de liquide... Que faire ? Simon découvre que ses parents sont partis en week-end.

Déçu, il retourne s'affaler devant le canapé, les pattes avant sous son menton. La dame repart chez elle. Le voilà à nouveau seul. Alliénor lui a joué un vilain tour. Il lui en veut beaucoup ! Ce soir, il ne peut qu'accepter son sort. Le désir de retrouver sa chambre est passé ! Comme l'ennui vient lui souffler de se bouger, il s'extirpe des coussins moelleux, se promène un peu et découvre la chatière. Content, il réussit à franchir l'obstacle.

Il se trouve derrière sa maison, au milieu des herbes hautes du verger non clôturé. Simon redoute qu'une souris ou un oisillon vienne lui chatouiller les pattes. Imaginer qu'il pourrait poursuivre ces créatures répugnantes et pire, les tenir dans sa gueule le dégoûte ! Comment font les chats pour manger ces bestioles ? Au lieu de ça, il entend des aboiements. Le chien des voisins bondit sur lui ! Vite, grimper en haut du tamaris et atteindre le toit du garage. Il réussit, mais se sent aspirer vers le sol...

***

Est-ce qu'une journée et une nuit se sont vraiment écoulées ou bien est-ce une supercherie de plus ? Simon ne saurait le dire. Toujours est-t-il qu'il revient sur la plage au même endroit. Les vagues bercent son ballon. Tout semble pareil que la veille. Le soleil se cache derrière des nuages, comme hier. Le goéland le nargue en sautillant autour de lui.

Alliénor l'interpelle :

— Content ? Tu as réfléchi au souhait suivant ?

Il s'énerve :

— Non, c'est nul ! Tu l'as fait exprès ?

La petite sorcière joue les idiotes :

— Que s'est-il passé ?

— J'étais Prince, mon chat ! Vraiment pas drôle !

— Ça m'arrive de rater, oui. Ç'aurait pu être pire. Par exemple une fois, j'ai envoyé quelqu'un sur le toit de sa maison, un autre était devenu un parapluie. J'ai encore à apprendre, tu sais. Décide-toi à prononcer un vœu ! Allez hop, hop !

Simon est furieux ! Dire un deuxième souhait... Pour quoi faire ? Aider cette imbécile de sorcière ? Il serait idiot de l'écouter ! Il ose :

— Et si on arrête maintenant ? Il arrivera quoi ? Tu moisiras là et pis c'est tout...

— Et toi aussi ! Tu as la mémoire courte : sache que je peux te jeter n'importe quel sort. Par exemple, je te transforme en bête caillou. Ça te dit ? Ou alors, tu prends ma place à l'intérieur de la bouteille. Pigé ?

— D'accord, j'ai compris ! J'aimerais naviguer en mer, sur un immense voilier.

— Encore un truc que je ne maîtrise pas terrible. Tant pis. Tu y resteras seulement deux car-jours.

L'apprentie sorcière respire un grand coup puis s'exclame :

— C'est parti : dix mille millions de mille sabords ! À tribord Rackam lerouge !

À bâbord Simon le hardi matelot !

Simon a l'impression d'être arraché du sol. Il file telle une fusée. Sa trajectoire s'arrête net sur le pont d'une caravelle ; le genre de bateau pirate que l'on voit à Disneyland. À la place de son short, un pantalon court rapiécé à large ceinture lui donne une allure minable. Sur son torse maigre flotte une marinière grise. Un bonnet recouvre son front.

— Bouge de là, moussaillon. Suis-moi.

Celui qui lui parle n'a pas l'air aimable. Il ressemble vraiment au vieux corsaire de ses livres documentaires. Sa figure est marquée de cicatrices et un bandeau noir couvre un de ses yeux. À sa taille pend un étui d'où dépasse un manche recourbé. Est-ce un sabre ?

Il l'aurait juré. Sa peur du bonhomme oblige Simon à obéir aussitôt. Même si le bateau tangue, il ne souffre pas de nausées. Il réussit à garder la cadence sans glisser. Son ventre le laisse tranquille.

Le vieux matelot s'arrête pour lui montrer comment hisser la grand-voile carrée. Il effectue les gestes lentement devant lui. Il y a de quoi se tromper avec tous ces cordages ! Un gars en bas, attend les ordres.

Enfin, la caravelle accélère sur l'eau. Il grimpe sur une échelle de corde. Le spectacle vaut le coup d'œil : l'immensité bleue entoure de toute part l'embarcation. Le vieux lui fait signe de redescendre. Il l'emmène à l'arrière vers une cabine d'où émerge un surprenant personnage qui crie : où est Loustic ?

— Capitaine Fokke, il est là, près de moi, répond le marin.

— Faut me l'amener, j'ai à lui causer...

La voix forte et râpeuse saisit Simon à la gorge. Par réflexe, il avale sa salive. Il éprouve la peur de sa vie. Que va-t-il arriver ? Va-t-il subir une de ces tortures dont les pirates ont le secret ? Celui de la planche ? De la cale ? Être balancé par-dessus bord et finir en charpie, tailladé par les coquillages acérés collés à la coque du navire ? Se retrouver pendu au grand mât ?

De dos, le capitaine est déjà inquiétant ! Une tête de mort orne sa veste noire. Lorsqu'il se retourne, son visage inspire à la fois de la crainte et de la surprise. Ses yeux louchent lorsqu'ils se posent sur le pauvre garçon.

— Descends avec moi, ordonne-t-il au mousse. Il ajoute : Torvebuse, tu as quartier libre !

Simon s'exécute. Il compte les marches : quatre... pour éviter de penser au pire.

La pièce comporte une table épaisse sur laquelle une carte dépliée prend toute la place.

— Pourquoi tu trembles ? J'ai besoin de toi vivant, pt'it nigaud ! Je t'explique l'affaire ! On va attaquer un navire anglais demain à l'aube. Tiens-toi prêt ! Il est plein à craquer de diamants venant d'Afrique. C'est pas compliqué... Tu iras sur le pont avant l'abordage au cas où leurs gars veulent la bagarre.

Simon interrompt le flot de paroles malgré son envie de pleurer :

— Que dois-je faire ensuite ?

— Pareil que d'habitude, idiot ! Déjà tu vas dormir. N'attrape pas froid, surtout ! Il se marre en lui montrant un tas de chiffons qui traînent par terre. Le jeune matelot ne se fait pas prier. Il s'allonge et ne bouge plus. La lourde porte se referme, le laissant avec ses questions sans réponses.

Les bruits des vagues cognant la coque, le grincement des cordages, les chants des corsaires, l'empêchent de s'abandonner au sommeil. Il n'arrête pas de penser aux mots du capitaine qui le terrifient. Il tente de se rassurer en répétant au moins trente fois : Pourvu que les Anglais se rendent !

Simon ne sait pas s'il rêve ou s'il est éveillé. On le tire hors de sa couche. La poigne d'un homme l'entraîne jusque sur le pont. Là, il aperçoit l'équipage, prêt à en découdre. Chaque pirate possède une arme. Un grand malabar nettoie son pistolet, un autre astique son sabre. La frousse le fait passer par toutes les couleurs. Il se met à tousser... De sa bouche, jaillissent des jets d'eau qui se transforment en flammes. Le marin venu le chercher, a juste de temps de s'écarter du début d'incendie. Un tas de cordes fument près de lui. Frokke se saisit d'un sac de toile épaisse qu'il jette sur la tête du mousse. Aidé du quartier Maître, il ligote le malheureux cracheur de feu. À travers le tissu, il entend :

— C'est pour ton bien, on te balancera sur le trois-mâts des Anglais si besoin… La suite, tu la connais. Tu souffles doucement : ça fera un trou quelque part et tu crames tout.

Pour éviter de postillonner, Simon serre les dents. Est-ce qu'il va mourir brûlé ? Il n'ose hurler de peur de provoquer une catastrophe. Il comprend pourquoi son « don » est si utile au capitaine.

On le secoue violemment. Cette fois, il sursaute et se relève trop vite. Il manque de tomber à cause du mouvement du bateau. Puis il entend Fokke brailler des ordres, certainement à ses hommes. Il hurle tellement fort qu'il a l'impression qu'un orage va s'abattre sur le navire. Une agitation infernale règne. Des pas de courses au-dessus de sa tête lui font craindre le pire comme une attaque de bandits armés jusqu'aux dents. Des bottes claquent sur le sol du réduit où il dormait. Torvebuse s'approche et lui tend une trompette en ordonnant :

— Tu vas sonner le rassemblement. Musique !

Poussé en dehors de la cabine, Simon remonte l'escalier qui conduit à une galerie extérieure. L'apprenti moussaillon n'en mène pas large. Il n'a jamais aimé le solfège, en plus... Le conservatoire et lui, ça fait deux ! Il colle sa bouche, souffle... Aucun son ne sort de l'instrument. Les gros yeux des marins se font menaçants. Le malheureux s'acharne en pure perte.

Est-ce qu'ils vont me jeter aux requins ? Ou bien, les Anglais me tueront ! pense-t-il une dernière fois.

Il a le tournis et s'évanouit avant de connaître le fin mot de l'histoire… L'ennemi va-t-il se rendre ou pas ?

***

Il ne le saura jamais car le sable chaud de la crique lui indique qu'il a quitté l'embarcation inquiétante. La petite sorcière patiente, assise sur un rocher, l'air de ne pas vouloir approfondir le sujet. Oui, elle n'est qu'une élève en magie et ce gamin ne cherche qu'à la mettre en échec. Si seulement, il désirait une simple montre magique qui lui donne des supers pouvoirs... Ou une montagne de livres... Du concret, quoi. Non au lieu de ça, il lui demande la lune, ce qu'elle ne sait pas faire. Transporter un corps d'un espace à un autre fait partie des cours du niveau supérieur au sien ! Maintenant, elle va se garder de l'interroger sur ses impressions, sinon il risque de la planter là. Il faut pourtant qu'elle rejoigne son pays dans... douze heures-cars.

Allongé sur le ventre, Simon reste immobile, encore sous le choc de son séjour chez les pirates. Il n'aurait pas cru partager leur vie un jour ! C'était bizarre et exaltant à la fois. À qui raconter ça ? Personne ne le croira ! Il doit dire un dernier vœu. Surtout, ne pas se tromper. Comment a-t-elle nommé son monde déjà ? Ah oui, Chéléti.

Il remue un peu les pieds, se lève et articule :

— Maintenant, je veux aller… en Chéléti !

La jeune créature se redresse, remonte ses manches et agite ses bras laiteux :

— Soit ! Va en Chéléti ! Gloups, il fallait dire Célesti !!!

***

Trop tard, le sortilège agit et Simon avance en pleine nuit. Est-il dans sa chambre ? Les odeurs ne lui sont pas inconnues. S'est-il réveillé au beau milieu d'un rêve ? Inquiet, il aperçoit une ombre contre un mur. Un rayon de lune l'éclaire : il s'agit d'un gros clown blanc aux lèvres roses qui montre ses dents toutes pourries. Les pieds collés à la moquette, l'enfant terrorisé ne peut pas fuir. Le monstre se dirige vers lui. Un ordre : « Stop ! » amplifié d'une manière bizarre, retentit. Simon sursaute et pousse un soupir de soulagement : le clown bifurque et s'éloigne. La directrice de l'école qui surgit derrière lui semble très en colère.

Notre héros constate qu'il est en pyjama, celui de la maternelle, orné de Mickey. Il n'a pas le temps de réfléchir que soudain le décor devient la cour de son école. Le voilà qui franchit la porte de sa classe. Habillés normalement, ses camarades l'observent. Le voir ainsi déclenche des rires moqueurs. Honteux, il aimerait disparaître. Les bras ballants, il se fige sur place. La maîtresse le gronde : « Ça ne va pas ! Où as-tu mis tes habits, sale gamin ? » Muet, les joues écarlates, Simon n'a jamais vécu une telle humiliation ! Ses pleurs répondent aux ricanements des élèves.

Le supplice cesse lorsqu'une sonnerie retentit. C'est la récré : tous se lèvent et sortent. Il se retrouve seul, se sent léger. Par la fenêtre ouverte, il s'envole jusqu'en haut d’un tilleul, puis tombe sur une branche. Personne ne s’intéresse à lui : ouf ! Il est à la fois content et triste.

Cet endroit ne peut pas être celui d’Alliénor ! Il se passe des choses trop horribles. Est-ce possible que des sorcières vivent là ? Pourquoi pas, finit-il par conclure. Dans les histoires, elles agissent méchamment en jouant des tours. « *C’est ce qui m’arrive* ». Il pense très fort à celle qu'il a délivrée de sa prison et ne remarque pas qu'un moineau se pose non loin. L'oiseau fonce sur sa tête. Le bec perce le crâne mou du pitoyable écolier transformé en ballon. Il se dégonfle en un pschitt pathétique. Cinq secondes après, la magicienne le rattrape par un bras, l'entraînant avec elle.

Presque aussitôt la forme légère redevient un corps normal, celui d'un garçon en maillot de bain. Il est assis sur les marches d'un escalier en marbre noir qui monte vers un immense palais. Des arbres aux couleurs de l'automne agitent leurs feuilles et se mettent à danser une valse devant lui. La voix haute perchée d'Allienor lui vrille les oreilles :

— Enfin, je suis à la maison. Regarde, c'est magnifique... J'ai pas le temps de te faire visiter la

Célesti, et pas ce que tu as prononcé qui, au contraire, appartient au monde des cauchemars. Mon pauvre, j'ai eu du mal à te récupérer !

Elle lui prend la main et lui explique :

— Je dois rejoindre la directrice de mon école de magie, te renvoyer sur Terre… Tiens, c'est pour toi : il te permettra de revenir quand tu voudras.

Curieux, Simon observe le cadeau posé au creux de sa paume. Il ressemble à un petit dragon en plastique.

— Heu ! Merci ! Comment ça marche ?

— Il se réveille, grandit dès que tu prononces : « Célesti » et te transporte ici. Surtout, ne te trompe pas de mot.

Ils éclatent de rire tous les deux. Le visiteur se sent bien avec Allienor et souhaiterait que l'instant dure toujours. Elle lui murmure :

— Ferme les yeux et compte jusqu'à cinquante.

Il s'exécute et commence « un, deux, trois... » À vingt, la sensation qu'elle lui donne un baiser sur les cheveux le trouble. Il s'arrête puis reprend son comptage. Lorsqu'il arrive au nombre demandé, il regarde autour de lui et constate qu'Allienor a disparu. Il est déçu de se retrouver sur la plage.

***

Simon traîne le long des rochers. Un appel autoritaire d'Yves le ramène à la réalité.

— Dépêche-toi, on va goûter !

Il est surpris de constater que la marée n'a pas englouti plus de sable que ça, que ses camarades s'amusent encore. Il réalise que très peu de temps s'est écoulé alors qu'il croyait vivre des jours d’aventures ! Le goéland le colle toujours.

Avant de regagner son groupe, le garçon fouille sa poche : le dragon en miniature s’y trouve. Lorsque ses doigts rencontrent le mini dragon, son contact le surprend. Une douce chaleur se dégage de son corps qui palpite. Il semble juste endormi. Est-ce qu’il deviendra une vraie créature ailée à la taille gigantesque, comme au pays des contes ?

Il entend l'animateur s'exclamer :

— Simon, arrête de planer ou tu risques de ne plus revenir sur Terre !

Il aimerait lui dire que ça se pourrait bien, qu'une magicienne l'attend ailleurs, dans un monde fantastique, où il deviendrait un chevalier bataillant pour conquérir son cœur... Mais il ne préfère pas se ridiculiser. Le sourire aux lèvres, il reprend son ballon en observant l'endroit où était la bouteille. Elle n'y est pas ; donc il n'est pas aussi sûr de l'avoir vue. A-t-il imaginé tout ça ? Puis il fonce vers le groupe. Il compte essayer cette nuit son animal magique et rejoindre celle qu'il n'oubliera jamais : Allienor. Il espère que sa nouvelle amie ne l'a pas encore taquiné et qu'elle dit vrai. L'espoir de retourner en Célesti lui donne envie de danser.

Une fois assis en tailleur avec les autres, prêt à mordre sa crêpe, un de ses camarades le prend à partie :

— Dis-donc, on dirait que t'as changé, qu'est-ce qu'il t'arrive ?

FIN

QUIZ

1 - Où Simon passe-t-il ses vacances d'été ?

2 - À quoi joue-t-il au début de l'histoire et où exactement ?

3 - Pourquoi Simon s'éloigne-t-il de son groupe ?

4 - Comment s'appelle son groupe ?

5 - Est-ce qu'il est heureux d'être là ?

6 - Qui rencontre-il ?

7 - Comment s'appelle cette personne ?

8 - Qui est-elle ?

9 - Où se trouvait-elle et pourquoi ?

10 - Que demande-t-elle à Simon ?

11 - Où ira Simon en premier ?

12 - Il sera dans le corps de quel animal ?

13 - Et pour son deuxième vœu, où est-il ?

14 - Il sera transformé en quel personnage ?

15 - Et pour son dernier vœu, de quoi a-t-il peur ?

16 - Est-ce qu'Alliénor réussit bien sa magie ?

17 - Simon est-il content lorsqu'il revient auprès d'Alliénor ?

18 - Comment s'appelle le pays d'Alliénor ?

19 - Est-ce un pays réel ?

20 - À la fin sera-t-il ami avec Alliénor malgré tout ?

RÉPONSES AU QUIZ

1 - Où Simon passe-t-il ses vacances d'été ? Il les passe au bord de la mer, au camp de Penvins.

2 - À quoi joue-t-il au début de l'histoire et où exactement ? Il joue au ballon sur la plage.

3 - Pourquoi Simon s'éloigne-t-il de son groupe ? Il voudrait être seul.

4 - Comment s'appelle son groupe ? Les Aventuriers

5 - Est-ce qu'il est heureux d'être là ? Non, il est déçu car il n'a pas de copains.

6 - Qui rencontre-il ? Une fillette de son âge, mais pas de son époque.

7 - Comment s'appelle cette personne ? Alliénor

8 - Qui est-elle ? C'est une élève sorcière, un peu génie.

9 - Où se trouvait-elle et pourquoi ? Elle se trouvait à l'intérieur d'une bouteille parce qu'elle doit passer un examen.

10 - Que demande-t-elle à Simon ? Elle lui demande de choisir trois vœux.

11 - Où ira Simon en premier ? Il ira chez lui, dans sa maison.

12 - Il sera dans le corps de quel animal ? Il sera dans le corps d'un chat, le sien, qui s'appelle Prince.

13 - **Et pour son deuxième vœu, où est-il ?** Il est sur un bateau de pirate au lieu d'un simple voilier.

14 - **Il sera transformé en quel personnage ?** En moussaillon

15 - **Et pour son dernier vœu, de quoi a-t-il peur ?** Il a peur d'être moqué par ses camarades de classe maternelle car il est en pyjama, puis il s'envole, léger comme un ballon.

16 - **Est-ce qu'Alliénor réussit bien sa magie ?** Non, ce n'est jamais ce que Simon souhaite vraiment.

17 - **Simon est-il content lorsqu'il revient auprès d'Alliénor ?** Non, il est plutôt en colère, mais elle le menace de le transformer en caillou.

18 - Comment s'appelle le pays d'Alliénor ? Célesti

19 - Est-ce un pays réel ? Non, il est imaginaire, mais un dragon miniature permettra à Simon d'y retourner.

20 - À la fin sera-t-il ami avec Alliénor malgré tout ? Oui, une vraie amitié naîtra entre eux et Simon deviendra plus joyeux en repensant à son amie.

BIOGRAPHIE AUTEURE

Françoise Grenier Droesch est tombée dans l'imaginaire dès le berceau. Née en Afrique, terre des mythes et croyances occultes, peuplée de sorcières et autres créatures étranges, elle s'imprégnait des contes que son père lui racontait et d'histoires incroyables mais vraies.

Le dessin et la gravure lui ont apparu d'abord comme un terrain de jeu principal où des personnages issus de son esprit rêveur surgissaient par magie. Mais un jour, un certain Comte de Nerval ne se laissa pas faire le portait. Elle dut le décrire avec des mots et depuis cette exploration, l'écriture devint un moyen privilégié d'explorer d'autres contrées que les seuls Arts Plastiques à deux dimensions ne lui permettaient pas.

Ainsi est né son premier roman fantastique Le piano maléfique.

Jeune retraitée depuis peu, elle s'adonne toujours à cette nouvelle passion en participant à de nombreux appels à textes dans les genres SFFF. Une quinzaine de recueils collectifs accueillent ses textes retenus par de petites maisons d'éditions ou des associations d'auteurs.

Explorant aussi des territoires propres à la littérature jeunesse, ayant côtoyé pendant trente ans des jeunes élèves de primaire grâce à sa formation de professeur des écoles.

TABLE DES MATIÈRES

Conception couverture : © Clauroro

Conception maquette : © sandrine BELAIR

Logo Chérubins Éditions : Fanette DAL FARA

Achevé d'imprimer en mai 2023,

par Amazon

ISBN : 979-10-96726-83-7

Dépôt légal : mai 2023

Contacter l'auteure :

julien-grenier@wanadoo.fr

Contacter l'éditeur :

cherubinseditions@gmail.com

Site Internet : cherubinseditions.weebly.com

La boutique et maison d'édition

Chérubins Éditions

4 rue du Glapier

51320 MONTÉPREUX

FRANCE

www.ingramcontent.com/pod-product-compliance
Lightning Source LLC
LaVergne TN
LVHW010455160826
845677LV00012B/2506

* 9 7 9 1 0 9 6 7 2 6 8 3 7 *